Eine Frau auf dem Weg nach Hause. Sie kommt vom Begräbnis ihrer besten Freundin, sechs Stunden ist das her, und im Straßenverkehr denkt sie wieder und wieder an Lilli. Daran, wie sie es mit den Männern gehalten hat, wie mit den Bindungen, die man lebenslang eingeht, der Familie, den Kindern, wie mit den vielen kleinen und auch größeren Lügen, dem Abtauchen in Affären und wie mit der tödlichen Krankheit. Und daran, wie die Ketten um Lilli immer enger geworden sind.

Marlene Streeruwitz beleuchtet in dieser Erzählung ein Stück Alltag, ein Stück Leben, wie es viele gibt, und verleiht ihm durch ihre hochkonzentrierte, bezwingende Prosa eine eigene Würde.

Marlene Streeruwitz, in Baden bei Wien geboren, studierte Slawistik und Kunstgeschichte und begann als Regisseurin und Autorin von Theaterstücken und Hörspielen. Für ihre Romane erhielt sie zahlreiche Auszeichnungen, zuletzt den Bremer Literaturpreis und den Niederösterreichischen Kulturpreis.

MARLENE STREERUWITZ

Der Abend nach dem Begräbnis der besten Freundin.

FISCHER Taschenbuch

Erschienen bei FISCHER Taschenbuch
Frankfurt am Main, Februar 2014

Die Erzählung erschien zuerst 2008 bei Weissbooks,
Frankfurt am Main.

Satz: Pinkuin Satz und Datentechnik, Berlin
Druck und Bindung: CPI books GmbH, Leck
Printed in Germany
ISBN 978-3-596-19590-9

Der Abend
nach dem Begräbnis
der besten Freundin.

Die Fahrt nach Hause.

»I did it my way.« Wie um alles in der Welt. Wer ist auf diese Idee gekommen. Wie konnte jemand auf diese Idee kommen. Die Lilli und Frank Sinatra. Was wollte dieser Mann damit sagen. »I did it my way.« Ein erzkatholisches Begräbnis und zum Grab. »I did it my way.« Ein Mafioso in Las Vegas. Und dann. Leichenschmaus.

Ob man zum Leichenschmaus kommen will.

Leichenschmaus. Es soll ja eine soziale Funktion haben. Ein solches Ritual. Oder ist das ein Brauch. Das ist wahrscheinlich eher ein Brauch. Wenn es ein Ritual wäre, könnte man eher hingehen. Dann wäre es die Bestätigung, dass es niemandem gelingt, um das Leben herumzukommen.

Kann der nicht blinken. Kann dieses Arschloch

nicht blinken. Was ist denn das für einer. Ja. Ein Oldie mit Hut. Na. Was denn sonst. Ein Oldie mit Hut. Nie heimisch geworden. In seinem Kraftfahrzeug. Ja. Das haben wir gern. Ach ja. Es ist eine Frau. Na ja. Geblinkt muss aber werden, meine Liebe, und deswegen werden wir hier jetzt. Entflechten.

Dass gegessen werden muss. Dass wieder gegessen werden muss. Ja. Das könnte man gemeinsam. Das wäre dann so eine Rückkehr. Aber dafür müsste es karger sein. Und nicht immer der Schweinsbraten auch noch da. Ein Schweinsbraten. So ein Schweinsbraten. Der ist doch.

Hätte ich doch gehen sollen. Ein Stück Schweinsbraten in den Mund stopfen und damit das Leben wieder beginnen. Diesen süßschweinischen Geschmack. Als neuen Lebensanfang.

Wer diese Halogenscheinwerfer erlaubt hat, der gehört.

Mein Leben nach diesem Begräbnis kann nicht mit Schweinsbraten beginnen. Ich sollte einfach Vegetarierin werden. Endgültig. Aber wäre das freundlich. Den Verlust von ihr mit der Aufgabe des fleischlichen Genusses.

Wie diese Leute essen können. Die sitzen jetzt da

und essen, und es wird dann auch gleich wieder gelacht. Das passiert mir ja auch. Es ist eben unmöglich, sich bei einem Thema zu halten. Man möchte ja wissen, wie das gehen sollte.

Und hier wollten wir auch wissen, wieso es schon wieder. Bitte. Weiterfahren. Nicht immer. Zügig. Meine Herrschaften. Zügig und über die Kreuzung. Und natürlich nicht.

Warum ich nicht geweint habe. Scham. Nein. Geniert hätte ich mich nicht. Warum soll ich mich vor irgendjemandem da genieren. Kann es doch sein, dass wir alle vorbereitet waren. Zwei Jahre Vorbereitung, und wir machen eine gute Prüfung. Ein tränenloses Begräbnis, bei dem ja eigentlich der Krebs zu Grabe getragen worden ist. Sie hat ja nur noch aus Metastasen bestanden. Voll ausmetastasiert. Sie hat das sagen können. Ich bin voll ausmetastasiert.

Ist das eine medizinische Bezeichnung, oder hat sie sich das ausgedacht.

Ich kenne jetzt eigentlich alle Zimmer in dieser Klinik. Die Lilli ist in ziemlich jedem Zimmer da gelegen, aber ich weiß nicht, in welchem sie.

Aber ich habe sie doch gefragt.

Ich wäre nicht weggefahren.

Und sie muss es gewusst haben.

Oder weiß man es dann doch auch nicht. Oder weiß man es und weiß es nicht deutlich genug, es zu sagen. Oder weiß man gar nichts und muss vermuten. Weil sich einem nichts mehr mitteilt, nach zwei Jahren Chemo, und es ist nur so ein Über-den-Rand-Kippen, weil es ja doch die ganze Zeit schon so schrecklich war. Am Anfang war es.

Es ist wie alles andere. Es kann gelernt werden. Die Lilli hat das Sterben gelernt wie eine Fremdsprache. Sie hat das gemacht wie alles andere auch. Begabt und mit Einsatz. Wir sind ja alle Musterschülerinnen geworden. Wir erfolgreichen Frauen. Wir machen ja alles so. Begabt und mit Einsatz.

Ja. Hupen. Ich kann auch hupen.

Warum hat mich der jetzt angehupt. Was habe ich denn. Fahre ich so.

O.k., o.k. Ruhig. Ruhig.

Konzentration. Wir wollen keinen Unfall. Obwohl.

Eine Massenkarambolage. Jetzt bremsen und sich querstellen und alle in den Wagen hineinsausen lassen. 30 Autos. Jetzt im Abendverkehr. Einen Riesenberg Autowracks. Und eigentlich ginge es um die Geräusche. Um das Knallen und Krachen und die Explosionen und das quietschende Schleifen von Metall und Schreie. Schreie aus den Autowracks und immer der Dopplereffekt von der Gegenfahrbahn und dann das Blaulicht und die Sirenen.

Richtiger wäre das. Und nicht »I did it my way«.

Warum habe ich nicht geheult. Warum habe ich nicht heulen können. Ich bin ja doch. Eingeschränkt. Wenn ich geheult hätte, dann hätte ich das hinter mir, und ich könnte anders an sie denken. Jetzt liegt sie in diesem Drecksgrab, und die haben die Erde über sie und die Blumen fangen zu stinken an und dieser Scheißkrebs. Der kann jetzt zufrieden sein. Und hätte sie doch nicht geraucht. Um Gottes willen. Hätte sie doch nicht geraucht. Diese blöde Kuh. Das weiß man doch, und dann bekommt dieses scheiß »I did it my way« noch eine ganz hinterhältige Bedeutung. Die haben ihr das heimgezahlt. Mit diesem Lied. Die haben ihr die Schuld zugewiesen. Ich habe mich auf meine Art umgebracht. Das haben die gemeint, und dazu haben die kein Recht. Die waren daran beteiligt. So eine Familie. So eine Kleinfamilie. Die waren da mitbeteiligt. Mein Gott. Wie ich diesen Mann hasse. So ein Mäusekönig. So ein Arschloch. Eine solche Frechheit. Sie mit diesem Vorwurf ins Grab singen.

Nein. Das ist. Ungeheuerlich. Das ist ungeheuerlich. Das ist. Wahnsinn. Wahnsinn ist das.

Die Gedanken beim Warten vor der Ampel.

Sie hatte gar nicht alle Liebhaber ihrer Freundin gekannt. Nicht persönlich. Aber sie hatte von allen gewusst. Die Namen. Was sie taten. Ihre Situation. Sie waren alle verheiratet gewesen und erfolgreich in ihren Berufen. War es der berufliche Erfolg, der Lydia angezogen hatte. Und das mit dem Gebundensein. Das lag am Alter. An der Lebensphase. Hatte das an diesem langen Lebensabschnitt gelegen. Gleich nach dem Jungsein und vor dem Altwerden. Weil da alle irgendwie versuchten, sich einen Platz zu verschaffen. Beruf und Familie. Lydia hatte erst ihre Karriere betrieben. Sie hatte sie bis zu diesem Punkt gebracht, an dem es für eine Frau damals möglich war, an Kinder zu denken. Sie war für die Kinder in die Selbständigkeit gegangen und hatte diese Agentur aufgebaut. Dieselbe

Agentur, die sie dann daran hinderte, sich den Kindern im vorgeschriebenen Ausmaß zu widmen. Das vorgeschriebene Ausmaß. Es war dann zum Maß des persönlichen Erfolgs geworden. Des Erfolgs, der von den Lehrern der Kinder und dann von den Therapeuten vorgeworfen worden war. Immer ein flüchtiges Ding. Dieser Erfolg. War die Legasthenie der Tochter auf die Berufstätigkeit der Mutter zurückzuführen. Hatte sie sich nicht genug um das Kind im ersten Jahr gekümmert. Lydia war eine von diesen Frauen, die bis zum Beginn der Wehen arbeiteten und dann vom Wochenbett aus den Betrieb führten. Organisation war alles. Aber dann auch in der Ruhe einer Ordnung. Im Haushalt. Sie hatte einmal in der Sommerwohnung von Lydia gewohnt und hatte eine beneidenswerte Ordnung vorgefunden. Alles in Kisten und Schachteln und beschriftet. Sie hatte sich damals gewünscht, in einer solchen Ordnung groß geworden zu sein und nicht in der Ungenauigkeit des Haushalts ihrer Mutter. Nie etwas zu finden und die Mutter sich so langsam auf die Suche gemacht. Immer gutmütig seufzend, hatte sie die Unordnung den Dingen angerechnet und sich selber nie verantwortlich gefühlt. Die Vorwürfe der Tochter dann. Sie hatte sie immer ungerecht gefunden.

Die junge Frau ließ sich das kleine Haus überschreiben, aber warf ihrer Mutter zur gleichen Zeit vor, dass sie das Geld dafür verdient hatte. Sie hatten das beide als die notwendige Mutterproblematik des unbegabteren Kinds gesehen. Die Kinder waren immer besprochen worden, bevor das Gespräch auf die Männer kam. Und wenn sie sich jetzt so erinnerte. Die Gespräche waren in den Männergeschichten begründet. Immer wenn es einen Neuen gegeben hatte. Oder große Probleme mit dem, der gerade. Dann hatte Lydia angerufen. Manchmal hatte sie auch eingreifen müssen. Sie hatte den Pelzmantel abholen müssen, den die Freundin nach einem Sitzungsschäferstündchen im Büro des Mannes vergessen hatte. Es war getrunken worden. Es war immer sehr viel getrunken worden. Die Männer bräuchten das, hatte die Freundin gesagt. Sie bräuchte das auch. Dieses Steigern. Es war eine Steigerung des Lebens gewesen. Mit dem Trinken. Alles hatte sich intensiviert. Und erst waren es berufliche Ideen, die sich so hergestellt hatten. Eine erhöhte Wahrnehmung und blitzartige Einfälle zur Lösung eines Problems. Da säße man dann da und schaute einander an und aus dem Hochgefühl, es wieder gebracht zu haben. Und aus der Bestätigung. Der gegenseitigen Freude an dieser Bestätigung. Da hätte sich so ein erster Kuss. Der hätte sich erzwungen. Geradezu. Und dann war es vorgekommen, dass es noch im Konferenzraum. Die Wochenenden kamen dann später. Und wirklich erfüllend. Wirklich großartig und mit diesem Gefühl des Jubilierens. Dieser Triumph über das Leben. Dafür hatte alles stimmen müssen. Der Erfolg. Die Zusammenarbeit. Und das Bett. Das dann eben manchmal die Couch im Chefbüro sein hatte können. Lydia war verzweifelt gewesen. Sie hatte sich wohl auch nicht so genau erinnern können. Wie das passieren konnte. Was sonst noch an verräterischen Spuren zu finden sein konnte. Sie hatte die Freundin beruhigt. Zuallererst kamen die Putzfrauen in so ein Büro und nahmen die Gläser vom Couchtisch und wischten die Wasserränder weg und steckten die Weinflaschen in den Müll. Die Chefsekretärin würde den Mantel in der Garderobe finden. Niemand würde etwas vermuten. Bei so einer engen Zusammenarbeit. Wenn man sie bei Sitzungen miteinander sah. Es sah immer nach Arbeit aus. Dieses Erweitern in diese gemeinsamen Höhenflüge. Das konnte niemand einschätzen. Aber es war auch nur die Angst vor einer Entdeckung, bevor die Sache ihr Ende erreicht hatte. Der Freundin war das immer klargewesen. Sie hatte nie eine Dauer erwartet. Oder gewollt. Diese andere Welt. Die durfte auch nicht in ihre ragen. Ein Anruf von einem Liebhaber zu Hause. Bei ihr. Und es war aus. Damals. Als man noch zu Hause anrufen konnte und die Stimme der geliebten Person hören und ein schnelles »Ich liebe dich« in den Hörer flüstern und noch beim Ablegen zuhören, wie der andere laut sagte, dass es sich um eine falsche Verbindung gehandelt hatte. Bei diesem Anruf. Mit den Handys. Die meisten hatten ja zwei. Mittlerweile. Eines für das Hauptleben und eines für das Doppelleben. Bei der Lilli. Ihr war nicht klar. Sie hatte auch nicht nachgedacht darüber. War das nun ein Doppelleben gewesen. Dann wahrscheinlich nur mit diesem jungen Vorstand in dem Papierkonzern, der als Sanierer geholt worden war und diesem Ruf mit 7000 Entlassungen gerecht geworden war. Den hatte sie. Mit dem hatte sie sich eine Zukunft. Mit diesem Mann hatte sie sich ein anderes Leben vorstellen können. Lügenlosigkeit. Diesen Mann hatte sie den Kindern vorstellen wollen. Mit diesem Mann hatte sie das Gefühl gehabt, sie müsse das alles in Eines zusammenführen. In einen Lebensstrom. In dem hätte der Ehemann dann keinen Platz gehabt. Robert hatte dieser Mann geheißen. Robert irgendwas. Der war einer von diesen Liebhabern gewesen, die sie selbst nie kennengelernt hatte. Robert irgendwas war dann nach München gegangen, und die Freundin war dorthin gefahren. Sie hatte ein- oder zweimal das Alibi für eine solche Wochenendreise abgeben müssen. Für die Familie war sie die Freundin gewesen, mit der Lydia kleine Reisen machte. Frauen unter sich, hieß das dann, und die Deckerzählung betraf Ausstellungen. Sie war die Freundin gewesen, mit der Lydia zu Kunstausstellungen gefahren war. Sie war ja dann auch immer dahin gefahren und hatte Lilli einen Ausstellungskatalog gebracht und die Eintrittskarte. Sie trafen einander zu einem Mittagessen oder zu einem Glas Wein nach der Arbeit. Sie hatten einen Heurigen auf halbem Weg zwischen ihrem Büro und ihrem Haus. Ein winziger Heuriger im Kahlenberger Dörfl war das. Sie brachte den Katalog und die Karten und eine Visitenkarte des Hotels. Rechnungen von Essen. Beim Wein erarbeiteten sie dann einen lückenlosen Bericht dieser Kulturreisen. Begonnen hatten sie das mit der James-Ensor-Ausstellung in Zürich. Das musste im Jahr 1979 gewesen sein. Sie war damals allein hingefahren und hatte Lydia davon erzählt. Sie war damals empört gewesen, wie klein der Spielraum für sie gewesen war. Das hatte sich seit damals nicht stark verändert. Es war mittlerweile nur selbstverständlicher, dass Frauen die Kultur als Reiseziel angaben. Ihr schien es, als gäbe es einen ganzen Schwarm von Frauen, die genau dasselbe taten wie sie. Die für ein Wochenende aufbrachen und in die großen Ausstellungen gingen. Allein oder zu zweit. Manchmal in Gruppen. Die Kunst. Die Ausstellungsräume waren eine Möglichkeit geworden, sich allein zu bewegen. Die Restaurants hatten sich dem nicht angepasst. Zu Beginn der Reisen waren die Restaurants chauvinistisch gewesen und wollten eine Frau allein nicht da sitzen haben. Mittlerweile war ihnen das Geschlecht gleichgültig geworden. Man wollte einen Tisch nicht an eine einzelne Person verschwenden. Bei einem Besuch in Basel nach dem Theater. Da hatte der tunesische Kellner ihr das ganz freundlich erklärt. Sie hatte sich all die Jahre am Abend von hastig vor Geschäftsschluss gekauften Joghurts ernährt. In den Minibars war ja die Alkoholkultur vorherrschend, und es hätte höchstens jahrealte Erdnüsse in der Dose zu essen gegeben. Sie ging zu Mittag in die teuersten Lokale und brachte die Rechnung mit. Für die Lückenlosigkeit des Reiseberichts. Ihre Belohnung war das Gefühl, an einer Welt teilzunehmen, die sie damals für interessant gehalten hatte. Am Anfang hatte sie gar nicht verstehen können, warum ihre Freundin nicht wenigstens ihre Abenteuer mit der Kunst verbinden wollte. Dann später hatte sie das verstanden. Es war ja darum gegangen, in die wenigen Wochenenden und in die kurzen gestohlenen Nächte immer gleich das ganze Leben zu stopfen. Mit den meisten Männern hatte die Freundin die Liebesgeschichte in eine Freundschaft überführen können. Meistens hatte sie diese Männer dann erst kennengelernt. Wenn sie bei Festen bei der Freundin oder bei Abendessen mit am Tisch sitzen konnten. Männer, die keine Störung in die abgetrennte Familienwelt mehr bringen konnten. Man hätte das als gelungenes Patchworking bezeichnen können. Ein erotisches Patchworking war das gewesen, das durch die Impotenz des Ehemannes eine gewisse Berechtigung erhalten hatte. Manchmal fand sie, es sah triumphal aus. Aber es war auch nicht triumphaler als die Männer, die ihre Geliebten zu ihren Gesellschaften einluden und sie von ihren besten Freunden mitbringen ließen und sie dann ihren Frauen vorstellten. Manchmal wirkte so ein Mann dann abgebraucht. Wie verwelkt. Diese Männer blieben auch nicht lange im Umkreis erhalten, aber Lydia konnte jederzeit einen beruflichen Rat oder Vorteil von ihnen abrufen. Trotzdem waren die Affären Geschichten des Wahnsinns und jederzeit eine Katastrophe möglich. Es musste alles an einen Rand weit draußen gebracht werden. Nach der Trennung von diesem Robert. Da hatte die Freundin sich dann nicht rechtzeitig vor diesem Wahnsinn in Sicherheit bringen können. Sie war von dem Hotel in der Innenstadt weggefahren und auf die Höhenstraße und gegen den Betonblock einer der Leuchten da. Lydia war dann damals schon genauso im Bett im Krankenhaus gesessen wie zuletzt. Müde vor Schmerzen, vorsichtig über sich selbst gebeugt. Innere Verletzungen und ein Lungenriss waren es damals gewesen. Lungenkrebs dann am Ende.

Abend.

Was hatte nun dieser Song wirklich bedeuten sollen. Hatte der Mann das ausgesucht. Dann war das Hohn. Dann war es die Abrechnung, die von ihm längst zu erwarten gewesen war. Die Abrechnung, die all die Jahre nie gekommen war. Sie hatte ja nie angenommen, dass er eine Affäre haben hätte können. Ich hätte mir das vorstellen können. Es ist doch eigenartig, wie gewisse Blicke von den Partnern nicht gesehen werden können. Nicht wahrgenommen. Jedenfalls nicht, solange es diese. Was ist das nun. Bei ihr und dem Herbert. Da hat sie nichts sehen wollen. Ich bin sicher, der hat längst eine andere gehabt. Der hatte immer schon eine andere und ihre Einschränkung und ihre Rücksichtnahme auf die Familie. Die Kinder. Die waren dann ja auch schon gegen die dreißig. Was brauchten die eine heile Welt. Und was hatte sie davon. Am Ende. Gestorben ist sie dann ja doch allein. Ihr letztes Gespräch. Mit einer Krankenschwester. Aber gut. Ich habe sie auch nur gefragt, ob ich dableiben soll, und bin gefahren. Wenn ich mich bemüht hätte. Wenn ich die Zeichen erkennen hätte wollen. Dann hätte ich es wissen können. Dann hätte es mir klar sein müssen, dass ein Ileus das Ende bedeutet. Ihre Scherze darüber. Die waren echt gewesen. So leicht bin ich nicht zu überlisten. Aber sie hat diese Scherze in allem Ernst gemacht. Sie war so damit beschäftigt, das Sterben ernst zu nehmen, dass sie den Tod übersehen hat. Wir alle waren damit beschäftigt. Ich jedenfalls. Ich habe mich auch da noch auf sie verlassen. Sie wird mir sagen, was sie braucht, und dann bin ich für sie da. Aber war das richtig. War es richtig, nach Amerika zu fahren, wenn sie so vorsichtig über sich gebeugt auf dem Bettrand sitzt und den Kopf nur so seitlich bewegen kann und einen von schräg unten anschauen muss, weil die Schmerzen bei den Bewegungen keine Wendung des Oberkörpers mehr erlauben. Und weil sie sich das glaubt, muss ich das nicht tun. Und das ist dann auch schon alles, was wir erreicht haben. Wir können einander Platz lassen. Wenn wir freundlich zueinander sind. Aber Fürsorge. Fürsorge ist das nicht. Und darin habe ich versagt. Ganz total und gründlich habe ich versagt. Ich hätte ihr das mit dem Rauchen und dem Trinken und wahrscheinlich auch das mit den Männern. Das hätte ich nicht fördern dürfen. Das kommt, weil wir so wenig von der Welt bekommen. An Achtung. Da glauben wir schon, dass es das Paradies ist, wenn wir einander alle Suchtmittel der Welt erlauben. Wie die kleinen Mädchen haben wir uns benommen, und als kleines Mädchen ist sie dann ja auch begraben worden. In dieser Messe. Die Schwester im Herrn. Die Frau und Mutter.

Und der Mann vorne hinterm Sarg. Tränenüberströmt. Und sie hat noch drei Wochen vor dem Tod gedacht, endlich einen Grund zu haben auszuziehen. Sie hat nie ein eigenes Zimmer gehabt. Sie hat Häuser besessen. Aber außer ihrem Büro hat sie nie einen Raum gehabt, der ihr allein zugestanden hatte. Nicht einmal so schwer krank hatte sie ein Bett allein. Wahrscheinlich war es das schlechte Gewissen, das sie so zerfleischt hat. Und der Mann ist immer fetter geworden. Währenddessen. Dabei. Der stand dann, feist in sein Fleisch gefasst, am Grab. Um ihn zu umarmen und ihm einen Kuss auf die Wange zu drücken, musste man sich über seinen Bauch beugen. Ihm zu. Der Bauch wie ein Barren, über den. Aber es hilft mir nichts. Sie hat sich nicht anders entschieden. Sie ist ja dann auch nicht gegangen. Was hätte es auch schon. Niemand ist barmherzig. So eine Familie. Da gibt es diese vielen Rechnungen. Da ist so viel angesammelt. Wir sind von Anfang an an diese Hitze gewöhnt worden. An diese aufgeheizten Hinterwelten hinter den Fassaden. Und weil wir alle solche Spießer sind, können wir dann nichts anderes aushalten. Ich habe gar nichts davon. Ich habe diese Welten alle weit hinter mir gelassen. Aber. Bewältigung ist das auch nicht. Ich schaue mit Schadenfreude zu, wie die Welt sich gerade zu Ende bringt. Wie alles, was die Welt am Laufen gehalten hat, gerade von den Laufenden zerstört wird. Nie wieder wird einem Kind ein so schönes Doppelleben vorgeführt werden können. Die Kinder von der Lilli haben da die perfekte Luxusversion bekommen. Niemand wird mehr außerhalb einer Workbalance leben können. Das life. Das wird es nur mehr im Film geben. So gesehen war die Lilli eine Avantgardistin. Sie hat die Arbeit mit ihrem Leben zumindest wochenendweise in die Balance gebracht. Und jetzt liegt sie fast schon sechs Stunden im Grab. Sechs Stunden. Und die Erde feucht vom Regen. Nass. Die Erde nass. Schwer. Das war ein hoher Haufen neben dem Grab. Da wird viel Erde auf den Sarg geschaufelt. Was hält so ein Eichensarg aus. Von den Männern. Ich habe keinen gesehen. Aber ich war so weit hinten. Ich bin ja nur die Freundin. Vom Mann misstrauisch betrachtet. Zu Recht, wie wir wissen. Ich bin die Einzige, die die Wahrheit kennt. Ich muss nur mein Tagebuch aufschlagen und kann nachschauen, wann sie ihn betrogen hat. Auch wenn das kein richtiger Betrug war, weil er ja nichts wollte von ihr. Nach den Kindern. Nach den Kindern nicht mehr mit ihr konnte. Aber ausgemacht war es auch nicht gewesen. Ich. Ich war da. Eigentlich war ich so etwas wie ihr Tagebuch. Ihr erotisches Tagebuch. Damit es irgendjemand weiß. Und jetzt hat sie mich mit diesem Wissen alleingelassen, und was wird jetzt. Ich bin doch dann alle Liebhaber. Ich bin wie alle Liebhaber stellvertretend von ihr jetzt am Ende doch verlassen worden. Kein Wunder, dass ich nicht geweint habe. Ich hätte ja weinen müssen für diese. Wie viele werden es gewesen sein. Ich weiß gar nicht. Genau weiß ich das gar nicht. Ich werde die Tagebücher hervorzerren müssen und nachzählen. Genau nachzählen. Damit ich weiß, für wie viele ich weinen muss. Und wie lange. Und wenn die Kinder dieses Lied ausgesucht haben. Dann ist das auch nicht freundlicher. Diese Kinder. Die werden nun nie erfahren, was für eine leidenschaftliche Person. Was für eine lebenshungrige wüste Person sie gewesen war. Aber ich werde es ihnen nicht sagen. Wenn man seine Mutter mit »I did it my way« begräbt. Dann hat man das Recht verloren zu erfahren, wie sie es nun wirklich gemacht hat.

Angesichts des Inhalts des Eiskastens.

Käse. Bergkäse. Ein Stück Parmesan. 5 Champignons. Frühlingszwiebel. Krautsalat. Pfefferoni. Senf. Ketchup. Himbeermarmelade. Ketakaviar. Butter. Nein. Keine Butter. Essen. Irgendetwas essen sollte ich schon. Aber kochen. Das auch nicht. Der Leichenschmaus wäre doch. Da hätte ich irgendetwas in mich hineingestopft. Warum ich da wieder nicht hingegangen bin. Das war wieder total neurotisch. »Leute. Ich kann keine Leute sehen.« Wenn ich so weitermache, werde ich wirklich noch allein sein. Ganz allein. Ein Stück nach dem anderen. Ein Stück Leben. Mit der Lilli jetzt einmal der Freundinnenteil. Die Eltern sind schon. Der Hermann. Mit dem ist das ja auch so eine abgezirkelte Geschichte. Das Mittagessen am 24. Dezember. Damit ist das Familienleben abgedeckt. Dann gehen wir beide in unsere Alleinwelten. Er in seine. Von der ich nichts weiß. Ich in meine. Von der er sicher nichts wissen will. Und es ist ja auch nichts zu wissen. Ich habe ja mit allen immer diese geheimen Beziehungen. Jede für sich und von jeder anderen getrennt. Das war fesch. Mit 30 war das fesch. Heute. Nein. Das stimmt schon alles. Aber eigentlich hatten wir ausgemacht, dass wir gemeinsam alt werden. Wir wollten diese weichen Altfrauenpatscherln anhaben und mit dem Stock die Zivildiener im Altersheim herumschicken. Und dann keine Diäten machen. Nicht mehr über die Figur reden müssen. Und von den Verkäuferinnen in den Innenstadtboutiquen diesen Blick bekommen. Größe 42. Nein. In dieser Größe führen wir dieses Modell nicht mehr. Und dann Größe 44. Und manchmal für die Hosen und Röcke sogar 46. Aber dann war es ja gut. Nach der Diagnose war jedes Kilo mehr ein Kilo besser. Da hatte der Krebs mehr Arbeit. Zum Auffressen. Schauen Sie, dass Sie ihr Gewicht halten. Aber offensichtlich verwandelt sich ab einem bestimmten Punkt der Verdammnis alles in Ironie. Statt der verbotenen Bonbons dann Vollwertkuchen. Honig. Rübenmelasse. Dann sitzt jemand eben im Bett und löffelt Rübenmelasse. Weil das Kalorien hat und die wertvollsten Zusatzstoffe. Dann fährt jemand eben zu einem japanischen Heiler, obwohl wir sonst alle Obskurantismen verachtet haben. Dann bezahlt man so viel Geld für Seleninjektionen an den Arzt, der einem aber gesagt hat, dass es nichts helfen wird. Zwei Jahre. Und mehr nicht. Und am Ende dann auch da die Leistung. Die Prognose um 7 Monate geschlagen. Zwei Jahre und 7 Monate. Und jeder Tag über die Prognose die Hoffnung, dass die ganze Sache sich darin auflöst. Dass der Krebs wie ein Partner einsieht, dass es keinen Sinn hat. Dass er einen verlassen muss. Dass diese Beziehung nicht zu dem führt, was er sich vorstellt. Dass es für ihn sinnlos ist. Dass das keine Partnerschaft ist. Dass er verlieren wird, wenn er sich länger für diese Beziehung einsetzt. Kann er denn nicht woandershin gehen. Aber das tut er dann ja. Er befällt. Beschleicht ja wahrscheinlich. Das mit dem Befallen. Das müsste gespürt werden. Ein Ruck. Einer von diesen Zuckern. Diese Blitze, wie sie einem manchmal durch den Leib fahren. Aber die meisten Organe spüren sich ja nicht. Erst wenn es zu spät ist. Dann füllt sich diese dumpfe, unspürbare Leibeshöhle mit Schmerz. Statt mit Essen. Parmesan. Ein nussgroßes Stück Parmesan, und der Kalziumbedarf eines Tages ist gedeckt. Soll ich meinen

Kalziumbedarf. Decken. In Österreich sind die Leichen in einem Plastiksack. Im Sarg. Versiegelt im Plastiksack im Sarg unter der Erde tief im Grab. Und vorher im Eiskasten. Bis dahin im Eiskasten. Man könnte sich halt vergewissern. Eine paranoide Person wie ich sollte ihre Leichen in den Glassärgen immer sehen können. Wie in den bayerischen Kirchen. Schneewittchensärge. Und die Lilli würde ja auch die richtigen Farben haben. Schwarze Haare. Blaue Augen. Blühende Farben. Rosige Wangen. Die geplatzten Äderchen mit Rouge verdeckt. Kein Problem. Immer blühend ausgesehen. Nie blass. Die Sonnenstudiobräune den Rest. Immer glaubhaft erfolgreich. Eine erfolgreiche Person kann nicht blass sein. Und die Lilli nie einen Schritt in der frischen Luft und immer ausgesehen, als käme sie von der Bergtour oder dem Skiabenteuer. Und wir haben mehr miteinander nicht gegessen als miteinander gegessen. Beim Heurigen. Nur Wein und ein Hühnerbeinchen. Allerhöchstens. Auch gegessen hat sie mit den anderen. Wir haben Diäten gemacht. Eigentlich. Eigentlich war ich. Ich war. Was. Die Privatsekretärin. Die Stellvertreterreisende. Die Privatdetektivin, die die Ausreden ausspioniert. Die Zofe. Die Stilberaterin. Die Sterbensbegleiterin. Aber immer nur auf Abruf.

Ich durfte nie anrufen und sagen, dass ich nun etwas bräuchte. Für mich ist nie jemand wohin gereist, damit ich für eine heiße Geschichte das Alibi bekomme. Für mich hat nie jemand nichts gegessen. Nichts getrunken. Nicht gelebt. Ich werde niemanden haben, der mit mir redet, wenn es darum geht. Wenn es darum gehen wird. Ich werde niemanden haben, den ich anrufen kann und sagen, dass es Krebs ist. Dass sich die schlimmsten Befürchtungen bestätigt haben. Dass es zu Ende geht. Dass der Mann es nicht begreift. Dass der es nicht begreifen will. Dass der jetzt abzurechnen beginnt. Dass der sich grauslich aufführt. Dass niemand ein Essen macht für mich und ich es mir selber nicht mehr machen kann. Dass ich zu schwach bin und dass die andere Person kommen muss. Dass es wieder ganz schlimm ist. Dass die Religion nichts mehr hilft. Dass der Glaube keinen Sinn hat. Dass nichts einen Sinn hat und dass die Sinnlosigkeit selbst so groß ist, dass nicht einmal der Selbstmord mehr sinnvoll erscheint. Eine endlose Weite von Nichts und sie mittendrin und allein und könnte ich kommen. Ich wäre die Einzige. Und jetzt bin ich das. Jetzt bin ich die Einzige.

Nachtstunden.

Hätte ich das alles anders machen müssen. Hätte ich mich einmischen müssen. Hätte ich sie nicht bewundern dürfen. Ich habe sie bewundert. Am Anfang fand ich es toll. Wie sie sich über die Grenzen hinausbewegt hatte. Und war das nicht schlichter Männerhass. Neid. Hatte Neid darauf, dass die machen konnten, was sie wollten. Dass die Männer mit uns machen konnten, was sie wollten. War es diese angelernte Wehrlosigkeit, die mich zur perfekten Komplizin machte. Habe ich sie in diesem chauvinistischen Unternehmen unterstützt, weil ich es auch so machen wollte und mich nur nicht getraut. Oder war es nicht noch weitaus schlimmer. Fühlte ich mich nicht immer edel und rein. Saß ich nicht kopfschüttelnd da und legte ihr die Mitbringsel vor. Fühlte ich mich nicht überlegen. Wenn ich eine

Zusammenfassung der Ausstellung. Ich legte diese Berichte vor wie Beutestücke. Beute, die ich ihr voraushatte. Ein geistiges Leben. Ein kritisches Leben. Ich gehe in alle wichtigen Ausstellungen. Ja. Überhaupt zu allen Kunstereignissen, und dann weiß ich etwas, das ich ihr hinlege, damit sie es nach Hause tragen kann und beim Frühstücksgespräch mit diesem Mann eine Bemerkung machen kann. Meine hohen Erkenntnisse zu Frühstückskrümeln verkleinert. Aber gerade das machte es aus. Das Edle. Das Reine. Ich hatte diese frigide Welt der Kunst. Der Kultur. In der alles, ausgestellt, ja nichts mehr von der Wirklichkeit wissen will. Ekelhafte Schaustellungen. Um nichts frigider als diese hastigen Affären. Ich war um nichts besser als sie und habe sie nur darin bestärkt, nichts anderes zu verlangen. Nicht mehr zu verlangen. Sich nicht über die Situation hinauszubegeben und sich zu verändern. Wir sind beide diese Mädeln geblieben, die sich in der Nacht aus der Wohnung schleichen und sich mit Männern herumtreiben, damit sie dem Vater am Morgen triumphierend in die Augen schauen können und sich gleichzeitig am Leben fühlen. Wir sind doch alle nur die Ergebnisse dieser unbedarften Kriegsväter geblieben, die nicht einmal wussten, was sie taten. Was es bedeutete. Dass sie uns nicht sehen konnten. Dass sie nichts mit uns anfangen konnten. Dass wir ihnen kein Sohn waren und darin fremd bleiben mussten. Dass die sich keinen Augenblick auch nur überlegten, sich für uns zu interessieren. Aus Angst. Aus Angst natürlich. Aber doch aus Angst vor dem, was sie mit sich herumtrugen. Die Möglichkeiten, die sich in den schlimmen Zeiten für sie eröffnet. Was haben sie denn wirklich getan. Im Krieg. Was haben sie mit Frauen getan. Im Krieg. Der Vater von der Lilli. Der war in Wien geblieben. Der war ein Austrofaschist geblieben. Dann. Und dann danach. Da war er dann kein Nazi gewesen, weil er da nicht mitgemacht hatte. Da hatte er dann die Macht mitübernommen. Aber ein Faschist war er doch gewesen und hatte das bleiben können. Und seine Töchter verachtet. Geliebt, aber verachtet. Als Töchter. Das erste Geschlecht das falsche. Kein Sohn. Töchter. Und dann nicht am Leben geblieben, den Erfolg dieser Töchter abzuschreiten und seinen Segen zu geben und dann ein Frieden. Diese Väter uns eingerichtet für ein Gericht, das dann nie stattfinden konnte, weil die Richter zum Ewigen Gericht abgerufen. Ich hätte das nicht fördern dürfen. Katholisch sein, aber nicht katholisch leben und der Glaube dann am Ende keine Hilfe.

Nicht ein Augenblick des Friedens und des Eingebens aus diesem Glauben erwachsen. Das letzte Gespräch. Mit der Krankenschwester. Ich sollte diese Frau ausfindig machen und sie fragen, was es nun war. Die Frage nach einem Kaffee. Wasser. Die Bettschüssel. Das Fenster auf. Das Fenster zu. Die Vorhänge. Oder doch die Bitte um Nähe. Angst. Unruhe. Beunruhigung. Schmerzen. Und die Antwort der Krankenschwester: »Es wird alles gut.« Oder: »Ich bin ja da.« Und es muss reichen. Es war ja nur sie da. Wir waren alle nicht da. Niemand war da. Ich war ja auch nicht da. Ich war in Kentucky. Ich habe diese Reise nicht abgesagt. Ich bin nicht früher zurückgekommen. Weil wir alle weitermachen. Weitermachen. Wie jetzt. Weiteratmen. Weiteressen. Weiterscheißen. Immer weiter, solange die Darmbewegungen andauern. So lange machen wir weiter. Und die anderen haben recht. Sie haben alle recht. Man muss den Schweinsbraten in die Gedärme schieben. Es ist geradezu zwingend, das Weitermachen zu erhöhen. Große Stücke Schweinsbraten und Riesenknödel, und alles durch die Gedärme. Riesenberge Scheiße als Nachweis, dass es weitergegangen ist. Das ist Trauer. Es sich gutgehen lassen und dann darüber traurig sein. Den Abstand zu den Toten in Schweinsbratengröße messen. Und Knödeldicke. Und die edlen Hungerleiderinnen sollen sich nur nicht besser fühlen. Hätte ich jemandem gesagt, ich glaube, ich sollte zurückfliegen. Meine beste Freundin. Es steht nicht gut um sie. Ich sollte da sein. Ich hätte das sagen können. Und in den USA. Da würde so etwas ernst genommen werden. Das hätte ich schon vorbringen können. Aber die Wahrheit ist doch, dass ich mich nicht getraut habe. Ich habe mich nicht getraut. Aus Aberglauben. Dass die Reise zurück. Dass mein früheres Auftauchen ihren Zustand beschrieben hätte. Dass sie damit die Wahrheit sehen hätte müssen. Dass ihr Plan, dass wir im November miteinander kochen werden und sie aufpäppeln. Dass dieser Plan ganz unsinnig war. Dass ihr Zustand an einen solchen Plan zu denken. Dass das unmöglich war. Und dann. Die Angst, dass sie mich gar nicht. Dass ich gar nicht so wichtig. Ich war gar nicht so wichtig für sie wie sie für mich. Sie hatte auch mit mir ein einseitiges Verhältnis. Wie mit allen. Ausnützerisch. Man könnte unser Verhältnis auch ausnützerisch nennen. Ausbeuterisch. Das ginge zu weit. Einseitig und ausnützerisch und geheim. Letzten Endes geheim gehalten. Wegen der Geheimnisse. Ich war dann ja auch erst zu diesem letzten Gartenfest eingeladen. Weil schon alles gleichgültig war und das Leben von ihr niemanden mehr interessierte. Dann plötzlich war ja alles gleichgültig. Schon bei Lebzeiten ausgelöscht. Und das hätte ich auch nicht zulassen dürfen. Dass ihr ganzes Leben. Dass das unter Lebensführung abgebucht werden konnte. Dass plötzlich dieser Mann und die Kinder mit ihrem Krebs ein Bündnis eingehen konnten und alles für falsch erklären, was sie bis dahin gemacht hatte. Dass die Familie sie krank gemacht hatte. Das konnten die sich nicht vorstellen. Die hielten Gericht. Zwei Jahre und sieben Monate. Mit der Diagnose. Da begann dieser Strafvollzug. Alles wurde verboten. Erfolg und Leidenschaft. Alles, was den Reichtum hergestellt. Von da an war Schluss, und sie war die Gefangene. Aber erst drei Wochen vor ihrem Tod ausziehen hatte wollen und da ja dann auch zum letzten Mal ins Krankenhaus gehen hatte müssen. Sie war gestorben, wie das ihr Vater für sie vorbestimmt hatte. Der hatte gewollt, dass sie als Au-pair-Mädchen in die Schweiz geht und sich dort einen reichen Mann holt und er von da an einen Schwiegersohn hat, der ihm den Sohn ersetzt. Sie war als Au-pair-Mädchen gestorben. Kost und Logis und ihre Arbeit war, die Arbeitsplätze in dieser Privatklinik zu erhalten. Das hatte sie lange gemacht. Brav. Mehr haben wir nicht zusammengebracht. Brav sein. Folgen. Der Macht gehorsam gegenüber. Das hatte sie befolgt. Sie hatte dem Krebs den Kampf geliefert. Das war Ihres gewesen. Das immerhin. Aber dann. Doch die Hingabe.

Die böse Stunde nach Mitternacht.

Sie ist jetzt voraus. Voran. Sie hat es hinter sich. Hinter sich gebracht. Und warum man so viel Angst vor etwas hat, was niemand anderer je erfahren wird. Zu ihren vielen Geheimnissen noch dieses eine. Wie war das. Der letzte Gedanke. Das letzte Gefühl. Eine letzte Empfindung. Und wusste sie. Weiß man. Dass es das ist. Und schlief sie wirklich. Oder war sie in das Sterben gelähmt nur ruhig in ihrem Bett. Konnte die Hand nicht mehr heben und sah zu, wie die Welt wegrutschte. Wie man sich an ihrem Bett versammelte. Sie war da die zwei Jahre und sieben Monate hingegangen, ihre Chemotherapien machen. Sie war da bekannt. Sie war da gestorben als jemand, der bekannt war. Beliebt. Das war sie ja nie. Geachtet. Ernst genommen. Das wenigstens hatte sie nicht notwendig. Geliebt zu werden.

Aber. Sah sie dann. Fühlte sie dann die alle rund um sich. Die hastigen Schritte ins Zimmer. Zuerst leise. Aufgeregtes Flüstern. Dann die Todeserklärung, und dann wird wieder mit lauter Stimme gesprochen. Ein wenig zurückgenommen. Das Bett gerichtet. Der Leib hingestreckt. Die Arme. Die Beine. Alles geradeaus. Die Hände über der Brust. Das wird so gemacht. Bei der Mama haben sie einen Strauß Seidenblumen unter die gefalteten Hände gesteckt. Seidenblumen. Das ist es dann. Kein Einspruch und die vollkommenste Gleichgültigkeit. Und was macht mir solche Sorgen. Wenn die Reihe an mir ist. Wen interessiert es. Mich. Nur mich. Wie ich es. Schaffe. Erledige. Hinter mich bringe. Dressiertes Kind, das ich bin, will ich auch das noch gut machen. Die Meinung der anderen für mich gewinnen. Ich will, dass nach mir diese schönen Sätze gesagt werden. Dass ich ein Beispiel gewesen wäre. Dass man sich ein Beispiel nehmen sollte an mir. Tapfer. Ich habe ja doch nur Angst, nicht zu genügen. Da immer noch nicht zu genügen. Mein Leben wird vergangen sein, in dem Wunsch genügt zu haben, und versäumt darin. Aber vielleicht war das folgerichtig. Folgerichtig zur Erfüllung wieder dieser Sprüche, dass Menschen so sterben, wie sie gelebt haben. Alles

Fluchtsätze das. Alles. Ja alles überhaupt. Jeder Satz so eine Flucht. In dem Zusammenfalten der Sprache in diese Einengungen, bis dann nichts mehr. Aber diese Flucht dann eben das Leben gewesen und darin auch ganz gleichgültig und jeder Augenblick. Wichtig. Gleichgültig wie, es musste ihn nur geben. Den Augenblick. Und das war nur angesichts möglich. Angesichts. Und deshalb gibt es ihren Tod nun nicht. Sie ist gestorben. Aber ihr Tod ist unbekannt. Weil niemand ihres Todes angesichtig wurde. Deshalb versammeln sich alle um das Totenbett, damit das bekannt wird. Deswegen wird Tag und Nacht gewacht. Zumindest in den Fernsehserien ist das so und war es ja nie. Für sie. Für sie stand niemand um das Bett. Für sie waren alle an ihren Arbeitsplätzen gewesen. Eine andere Art der Umringung. Alle in die Pflicht gebunden. Nicht um das Bett stehen. Und ich war in Kentucky. Und bei mir. Bei mir war es diese Todesstunde. Bei mir war es diese Nachtstunde. Für sie war es Morgen. 9 Uhr Morgen. Ich habe geschlafen. Wahrscheinlich tief. Keine innige Verbindung, die mich wachgerufen hätte. Obwohl es eine Liebesgeschichte gewesen war. Eine lange und freundliche Liebesgeschichte, die sich immer wieder erneuern lassen konnte. Die nur gebraucht hatte, dass wir einander gegenübersaßen und einander ansahen. Die Spuren des Lebens überprüfend und immer gleich zu Anfang die Beteuerungen, dass wir es dann leichtnehmen würden. Dann. Wir würden alt werden und es dann miteinander leichtnehmen. Mehr konnte keine Geschichte versprechen. Halten. Das Halten der Versprechen. Das hatte sich ja nie so eingestellt. In keiner Richtung. So viel Unversprochenes eingehalten. So viele Versprechungen nie erfüllt. Ich werde mir diese Altfrauenschühchen alleine kaufen müssen. Den Stock aussuchen und mir denken, welchen sie sich genommen hätte. Sie ist jetzt gerade. Jetzt gerade. Die Gase beginnen ihre Arbeit. Jetzt. Ohne Kühlschrank. Im Plastiksack. Ich würde dagegen ankämpfen. Diesen letzten Atemzug machen und damit dem Verfall den Weg frei. Aber das lüge ich mir so vor. Ich weiß nicht, wie man das machen soll. Sterben. Wie diese Panik. Die Angst vor dem Sarg. Schon die Vorstellung den Körper sprengt. Panik. Und keine Attacken. Ein stetes Anwachsen. Als müsste die Angst alles ausfüllen, um dem Tod keinen Platz zu lassen. Jede Zelle wird mit Angst aufgefüllt. Aufgebläht. Aufgepumpt. Die Angst macht die Arbeit der Gase und gleichzeitig das fürchterliche Gefühl, das Leben bis dahin. Zeitvertreib gewesen. Nichts anderes als Spielerei und der Ernst nur einen Augenblick und keine Chance auf etwas Bedeutendes. Ja. Das einzig Bedeutende dann in diesem letzten Augenblick, der nicht mehr teilbar schon Teil des Toten ist. Also nichts. Auch das nicht. Sie liegt jetzt bald 12 Stunden in der Erde. Diese 12 Stunden sollte ich sie. Mich. Ich sollte mich diese 12 Stunden lang begleiten. Stellvertretend und weil ich auch niemanden dahaben werde. Wozu auch. Es war ja nun nie wichtig geworden, sich anzuvertrauen. Kreisende Gedanken. Um sie kreisende Gedanken. Es werden ja nicht nur meine sein. Es denken viele gerade an sie. Oder haben an sie. Ihre Kinder. Die diese Frau nur ein wenig gekannt hatten. Aber vielleicht können Kinder ihre Mütter nur ein wenig kennen. Dieser Mann. Diese eine Freundin. Im Rollstuhl. Mit dieser Nervenkrankheit. Die beim Satz des Priesters, dass wir schon für die nächste Person, die es treffen soll. Dass wir für diese Person beten sollten. Und die Frau im Rollstuhl laut aufgeschrien hatte. Aufgeheult. Diese Person. Von ihrer Krankheit der Fassung beraubt. Sie war die Wahrhaftigste. Und nicht sein musste. Sie musste nicht die Nächste sein. Es konnte einer, vom Leichenschmaus kommend, gegen einen Mast knallen. Aber die Wahrscheinlichkeit. Sie das schon sein würde. Absehbar. Diese Frau mit dieser Krankheit. Die konnte das absehen, dass sie die Nächste sein würde. Am Ende ist es dann nur die Müdigkeit, die einem die Eingabe abringt. Ich kann es immer noch als Mystikerin versuchen. Ich kann meinen Leib von mir abtrennen und versuchen, ihn mir untertan zu machen. Anders untertan als gesund essen und ein bisschen Sport betreiben. Aber würde das Abtrennen das Sterben erleichtern. Doch eigentlich nicht. Doch eigentlich das Gegenteil. Und die Frage doch, wo die Angst blieb. Blieb die im abgetrennten Körper. Und hieß das nicht, dass die Angst ungeheuerlich groß werden konnte. Der Geist edel und schmal und die Angst sich im Körper eingenistet und breit und fett und uneingeschränkt, der Körper zugrunde gerichtet werden musste, um die Angst zu besiegen. Und das werde ich nicht mehr schaffen. Ich werde gemeinsam mit mir sterben müssen, und es wird nicht sehr großartig werden. Und müsste ich sagen, großartig gewesen sein. Es wird nichts sehr Großartiges gewesen sein. Kann über das Leben hinaus gesprochen werden und der Tod festgestellt werden. Als Abschluss. Oder ist die einzige Errungenschaft, dass es immer nur ein Werden sein kann. Für einen selber. Und sie wüsste das alles. Sie könnte das alles beschreiben. Sie hat das festgestellt.

Am Ende der zwölften Stunde.

mit leisen knisternd feinen tönen

ein schwarzer traum

der tag nicht lang

breitet sich aus

der tag nicht lang und laut

was tätest du

verlornes kind

stünd er nicht

dir zum warten

vor dem haus

der tag nicht lang

und laut

stünd er nicht

dir zum warten

vor dem haus

und folgt dir nach

geht mit dir

mit jedem schritt

der tag nicht lang und laut

ein tag nur

und folgt dir nach

und geht mit dir

mit jedem schritt

ein bessrer freund

ein sanfter dunkler

kühler hauch

zur rettung

von so mancher

langen nacht

der tag nicht lang und laut

ein tag nur

sonnenstärke und des

hellen winds

zur rettung

von so mancher

langen nacht

die ohne neige

sich um dein bett

versammelt hat

gesenkten haupts

den raum dir streitend

der doch der liebe

zugedacht

und freundlich zärtlich

der tag nicht lang

und laut

ein tag nur

sonnenstärke und des

hellen winds

und schattenwurf in

schmalen streifen

und freundlich zärtlich

breitet sich aus

um dich

zu dir

und über dich

gebeugt

den atem leise weggebogen

und breite bänder

schwerer luft

sonnenstärke und des

hellen winds

und schattenwurf in

schmalen streifen

die nacht nun

rund um die brust

der decke mühe

gebreitet über dich

ein sanftes lächeln

doch der sorge

dass niemand

nichts

sonnenstärke und des

hellen winds

und schattenwurf in

schmalen streifen

die nacht nun

in des mondes weichen

dass niemand

nichts

und nirgendwo

dich sollte stören

in der kühle nacht

die schon die augen

hat nach innen

dir gekehrt

die nacht nun

in des mondes weichen

dunkel gibt schleier

mir und mitternacht

besuche mich

mein lieber bruder

besuche mich

verlornes kind

und nimm mich mit

und heim in meiner

mutter silbermatte scheibe

und zeige mir

wo ich ein bleiben

find

Marlene Streeruwitz

Das wird mir alles nicht passieren … Wie bleibe ich FeministIn.
Band 17734

Der Abend nach dem Begräbnis der besten Freundin.
Band Nr. 19590

Entfernung.
31 Abschnitte
Roman
Band 17077

Jessica, 30.
Roman
Band 16136

Kreuzungen.
Roman
Band 18096

Lisa's Liebe.
Romansammelband.
Band 14756

Majakowskiring.
Erzählung
Band 17182

morire in levitate.
Novelle
Band 16578

Nachwelt.
Ein Reisebericht.
Roman
Band 15046

Norma Desmond.
A gothic SF-Novel.
Band 15502

Partygirl.
Roman
Band 16096

fi 555 032 / 6 / a

Marlene Streeruwitz

Poetik.
Tübinger und Frankfurter
Poetikvorlesungen
Band 19621

Verführungen.
Roman
Band 15619

Waikiki Beach.
Und andere Orte.
Die Theaterstücke.
Band 14693

fi 555 032 / 1 / b

Marlene Streeruwitz

Poetik.

Tübinger und Frankfurter Poetikvorlesungen

Band 19621

Im Wintersemester 1995/96 hielt Marlene Streeruwitz als erste Tübinger Poetikdozentin drei Vorlesungen über die Voraussetzungen ihres Schreibens und schuf damit eine Streitschrift zur feministischen Literaturtheorie und Sprachkritik. Kurze Zeit später, im Wintersemester 1997/98, setzte die Autorin ihre Vorlesungen in Frankfurt fort, wo sie im Rahmen der von Ingeborg Bachmann 1959 eröffneten, traditionsreichen Frankfurter Poetikvorlesungen den Hörsaal betrat. Als Ergänzung zu den theoretischen Auseinandersetzungen der Tübinger Vorlesungen stehen in Frankfurt Ausdifferenzierungen und praktische Umsetzung im Zentrum.

Die beiden Vorlesungszyklen werden ergänzt durch ein Gespräch mit Marlene Streeruwitz, das sich mit gegenwärtigen Positionen ihres Schreibens auseinandersetzt.

fi 19621 / 1

Marlene Streeruwitz
Die Schmerzmacherin
Roman
400 Seiten. Gebunden

Ein Trainingszentrum im Niemandsland an der deutsch-tschechischen Grenze: Amy Schreiber beginnt eine verheißungsvolle Ausbildung in der Sicherheitsindustrie und lernt die Techniken zum Schutz von Gesetz und Ordnung. Die Abgründe der Gewalt und Willkür, die sich hinter den geheimen Operationen abzeichnen, kann sie als Anfängerin nur ahnen. Als die Heldin merkt, dass die Organisation mehr und mehr in ihr Leben eingreift, muss sie handeln.

Marlene Streeruwitz entwirft in ihrem neuen Roman eine Welt nach der Auflösung des staatlichen Gewaltmonopols und beschreibt deren Einwirkung auf das Individuum und seine Freiheit.

»Die Fähigkeit, diese Zusammenhänge nicht nur aufzuführen, sondern mit höchster Kunstfertigkeit und Brisanz von ihnen zu erzählen und sie in ein ästhetisches Konzept einzubetten, macht ›Die Schmerzmacherin‹ zu einem brillanten Roman. Er formuliert eine wichtige politische Intervention, aber weder von links noch von rechts, sondern von Seiten der Literatur.«
Christian Metz, Frankfurter Allgemeine Zeitung

S. Fischer

fi 1-074437 / 1